Eduardo Forgiarini

Impasse de pó e desejo

KOTTER EDITORIAL

Diretor editorial: Sálvio Nienkötter
Coordenação editorial: Claudecir de Oliveira Rocha
Editor-executivo: João Lucas Dusi
Editor-assistente: Luiz Felipe Cunha
Capa: Paula Villa Nova
Design editorial: Carlos Garcia Fernandes
Produção: Joehverson Guslem Jacob
Revisão e preparação de originais: O Autor

Dados Internacionais de Catalogação na Publicação (CIP)
Angelica Ilacqua CRB-8/7057

F799i

Forgiarini, Eduardo
Impasse de pó e desejo / Eduardo Forgiarini. – 1. ed. – Curitiba : Kotter editorial, 2025.
68 p.

ISBN 978-65-5361-412-3

1. Literatura brasileira I. Título

CDD B869

25-0902

KOTTER EDITORIAL

Kotter Editorial Ltda.
Rua das Cerejeiras, 194
CEP: 82700-510 - Curitiba - PR
Tel. + 55(41) 3585-5161
www.kotter.com.br | contato@kotter.com.br

Feito o depósito legal
1ª Edição
2025

Eduardo Forgiarini

Impasse de pó e desejo

O definível está me cansando um pouco. Prefiro
a verdade que há no prenúncio.

Clarice Lispector, *A hora da estrela*

(Mas nada disso faz sentido
porque é concreto, é existente.
Só significa o que é construído,
o que é postiço e excedente.

E quanto ao mundo – o que independe
dos artefatos, o que é dado
a todos e ninguém entende
o mundo vai bem, obrigado,

e não quer dizer coisa alguma.
Porém o jogo continua,
como sempre, é claro – talvez

um pouco mais seco, mais duro,
sim, um pouco mais inseguro.)
Pronto. – Agora é a sua vez.

Paulo Henriques Britto, *Tarde*

Sumário

PROSA

POESIA

PROSA

*"Essa moça não sabia que ela era
o que era, assim como um cachorro
não sabe que é cachorro."*

Clarice Lispector, *A hora da estrela*

Molambo

Cida seria julgada naquele dia, às 14:00. Algemada, aguardava sua sentença que a pouco custo viria. Sabia que era culpada, mas não se arrependia nem um pouco. Estaria disposta a qualquer coisa para sobreviver. E sobreviveria.

Quando Cida perdeu sua casa, depois de três meses de aluguel atrasado, frutos do desemprego, teve suas coisas entulhadas na frente do barraco que alugava a oitocentos reais mensais.

Chamava-o de lar, de casa, de seu, porque era o que conhecia de mais próximo desses três títulos. Nem as paredes sem reboco, o bolor subindo por elas, as diversas infiltrações e goteiras e o chão sempre úmido e frio impediam-na de sentir um alívio imenso ao dormir, pois, diferentemente de muitos de seus conhecidos e amigos, tinha um teto sobre si.

Era faxineira de uma empresa terceirizada num edifício luxuoso de salas comerciais que abrigavam escritórios de advocacia, contabilidade e startups de tecnologia. Via diariamente aquelas pessoas bem paramentadas, com seus relógios caros e sapatos tão lustrosos que Cida se perguntava como não pegavam o pó da rua. Ingenuamente, Cida pensava que qualquer um ali caminhava até o trabalho, ou utilizava o transporte público, assim como ela.

Quando se faz necessário reduzir gastos, começa-se pelo mais barato, pelo que de alguma forma não pode contribuir para o crescimento da empresa, ou pelo que não gera lucro algum. E, para a infelicidade de Cida, ela se enquadrava nas três razões que fizeram os donos da empresa terceirizada demiti-la, juntamente com vinte e seis outras faxineiras já velhas, que logo não dariam conta do serviço e se tornariam um fardo para a empresa. São apenas negócios, é claro.

Naquele começo de noite, Cida chegou em casa e chorou. O desespero tomou conta da ex-faxineira (será que poderia ser chamada de "ex", quando a vida toda fora a profissão que conhecera?) e, aos prantos, pôs-se de joelhos diante da imagem surrada de Nossa Senhora Aparecida, que pertencera à sua mãe, e à sua avó antes dela, pedindo-lhe que intercedesse por ela.

Salve, Rainha, mãe de misericórdia, vida, doçura, esperança nossa, salve! A Vós bradamos, os degredados filhos de Eva. A Vós suspiramos, gemendo e chorando neste vale de lágrimas. Eia, pois, advogada nossa, esses Vossos olhos misericordiosos a nós volvei. E, depois deste desterro, nos mostrai Jesus, bendito fruto do Vosso ventre. Ó clemente, ó piedosa, ó doce Virgem Maria. Rogai por nós, Santa Mãe de Deus, para que sejamos dignos das promessas de Cristo.

Das poucas coisas que se lembrava de suas idas à igreja, "Salve, Rainha" era a oração que lhe tocava mais profundamente ao coração. Ainda que não compreendesse algumas das palavras, sabia no seu interior a súplica daquela prece. Então suplicava. Imersa no seu vale de lágrimas, pedia o amparo da Mãe, que não viria.

Quando foi despejada, sua geladeira de segunda mão estava vazia. Seus armários, carcomidos, serviam de abrigo para traças e baratas. Estas últimas, talvez pudesse comê-las, e descobrir o sumo primitivo do homem, o plasma branco, a matéria ancestral. Mas a filosofia, a eutonia ou qualquer rio de pensamento não seriam capazes de frear a dor da fome com que Cida convivia. A luz elétrica estava prestes a ser cortada e o fornecimento de água, dali a dois dias. O arranjo para o seu despejo formaria uma sinfonia da miséria.

O locatário decidira ficar com os móveis entulhados como pagamento pelos meses em atraso do aluguel. Uma troca justa, dissera ele. "Não vou ficar no prejuízo por uma pobre qualquer como você; não vou mesmo." Então, restavam a Cida umas poucas mudas de roupa, que ela colocaria organizadamente num saco de lixo preto e pouco resistente, pois os mais fortes eram exageradamente caros. Com seu saco de roupas e sua santa, Cida buscou abrigo debaixo da marquise de um prédio próximo de onde um dia morara.

Cida fuçou pelas latas de lixo nos arredores do prédio e encontrou uma caixa de papelão que era quase do seu tamanho - miúda. Bastaria para não sentir tanto o frio do piso bruto sobre o qual passaria as quarenta e três noites seguintes. O alimento viria dos restos que pudesse encontrar nessas mesmas lixeiras, ou em lixeiras de restaurantes, que desperdiçavam comida fresca da melhor qualidade. Não conseguiria emprego, porque quem daria emprego a uma molambo? Até que chegaria o dia: o fatídico dia em que um grupo de jovens moradores do Batel a espancaria.

Ela estava dormindo quando o primeiro chute acertou-lhe em cheio no esterno e na quinta e sexta costelas, empurrando o ar com a força de uma bala de canhão para fora dos pulmões. As primeiras gotas de sangue tingiram o papelão já sujo que se tornara o seu lar. Cida tentou gritar por ajuda, tentou até mesmo levantar-se e fugir, mas dois dos jovens seguraram a molambinho enquanto os outros dois desferiram chutes e cuspiam naquele corpo retorcido. Finalmente, Cida desmaiou. A dor se fora, ao menos por algumas horas.

Pela manhã, retornando do alívio da inconsciência, constatou que não conseguia respirar direito; sua boca e mãos estavam encobertas de sangue seco; suas calças, abaixadas, e uma dor aguda irradiava do seu útero. Mas nada disso importava; o que causou a Cida uma dor visceral foi ver a santa com sua cabeça desmembrada do corpo e o branco interno do gesso exposto sobre a calçada. Sua santa estava morta. E morrera pela ação daqueles homens cruéis. Por que, meu Deus? Por quê?

Com dor e com fome, atônita, tentou se levantar e procurar o que comer. Não havia nascido ali e ali não haveria de morrer. Sobreviveria. E, como a providência divina lhe enviasse um sinal, farejou, vindo de um restaurante aberto para o almoço, o aroma aliáceo de um arroz com feijão e bife com batatas fritas: o seu prato favorito no mundo. Correu como podia, manca e vacilante, até o seu maior sonho naquele momento. Seus olhos se encheram de lágrimas quando parou na frente do restaurante. Caiu de joelhos, agradecendo à santa, mesmo que morta, por ter-lhe permitido sentir aquele cheiro uma vez mais. Mas o fedor de Cida era, para os clientes dali, mais forte do que qualquer aroma aliáceo. E eles começaram a encará-la com desprezo, expulsando-a em pensamentos, botando-a numa pilha de lixo bem longe dali. Nada disso, porém, poderia separá-la do que viria.

Ela entrou cambaleando no restaurante e implorou ao caixa que lhe desse um prato de arroz com feijão e bife com batatas fritas. Um pouco que fosse. Os restos de algum cliente; o dejeto, o bolo alimentar cuspido. Cida não se importava. Precisava ter aquele prato. Mas o caixa, enojado, tentou dissuadi-la: "Saia daqui, molambo!

Este lugar não é para você." Cida insistiu, chorando. "Já disse pra você sair!", continou o homem, saindo de trás do balcão. "Pode voltar pro buraco de onde você veio!"

Consumida por um instante de fúria, Cida rugiu e avançou contra o homem, inutilmente. O caixa percebera que Cida estava ferida e bastou um soco no seu tórax para que Cida caísse, uivando. "Se você não sair, eu vou te arrancar daqui na marra!"

Mas Cida não se conformava. Estava tão próxima do sonhado prato, da esperança de sobreviver a pelo menos mais três dias, que cedeu ao impulso e, erguendo-se, como que saindo de livre vontade do restaurante, apanhou o prato que um dos clientes tinha diante de si e, reunindo forças, tentou correr. O caixa a acertou com uma cadeirada nas costas, e Cida, novamente, desmaiou. Estava em paz, nos braços da santa. Sentia-se leve. Mas não estava morta.

"A tua situação não é nada boa.", disse o advogado, mostrando-lhe a repercussão do acontecido:

MORADORA DE RUA INVADE
RESTAURANTE E ATACA CLIENTE:
ENTENDA O CASO

As palavras pouco afetuosas escolhidas pelo jornalista para descrever a situação não deixaram Cida tão confusa quanto os desejos de morte nos comentários da publicação: tinha mais é que matar essa puta!; esse povo suja a nossa amada cidade!; prendam essa vaca!; cadê o prefeito que não faz nada?!

O mais estranho é que Cida não conhecia as centenas de Anas, Joãos, Robertos, Wesleys, Terezas, Pedros, Suellens e Marias que a condenavam. Mas de alguma coisa a respeito dela, que nem ela mesma sabia, eles deviam saber.

De todo modo, Cida foi condenada a quatro anos pelo artigo 155, com aumento de três anos pelos transtornos causados ao dono e clientes do estabelecimento, e mais cinco meses pelas condições deploráveis em que se encontrava a molambenta.

Batido o martelo, Cida foi encaminhada à Penitenciária Feminina de Piraquara, onde encontraria um lar dividido com outras treze detentas pelos próximos quase oito anos (seis, se demonstrasse bom comportamento). Cabisbaixa e lentamente curando-se de suas fraturas, Cida foi recebida pela detenta-chefe de sua cela, Maria Canivete.

"Que é que tu fez, pretinha?"

"Eu sonhei.", respondeu Cida, macambúzia. "E eu quase consegui o meu arroz com feijão e batata frita. Quase. Mas a minha santa morreu, senão eu sei que ela tinha me ajudado."

"Vem aqui, pretinha. Aqui você tá em casa. Escolhe a tua cama e deixa que a gente vai tentar conseguir um prato de arroz com feijão e batata frita pra você."

Então, o sorriso há muito não visto voltou de viagem e fez morada no rosto puído de Cida. Sua santa estava viva, ela sabia. Mais viva do que nunca. E Cida só pôde fazer uma coisa, que foi rezar. E rezou: Salve, Rainha, mãe de misericórdia, vida, doçura, esperança nossa, salve!...

O cabo do machado

Parte I

Quando eu ouvi a palavra "puta" pela primeira vez, estava longe de me tornar uma. Eu tinha onze anos e passava o fim de semana no sítio dos meus tios, dona Nice e seu Antônio.

O vento amanheceu forte naquela sexta-feira, anunciando a chuva. Mas, mesmo assim, minha mãe decidiu que iríamos.

"Se chover, ficamos por lá. Passamos a noite e já almoçamos no sábado.", ela disse.

Arrumei uma mochila com duas mudas de roupa, para o caso de me sujar correndo no mato, ou para o caso de termos que ficar por lá. Eu escolhi um conjunto azul e outro amarelo, roupas já velhas que pudessem ser rasgadas, como ordenou a minha mãe.

Pegamos o carro e saímos pouco antes das nove. Daria tempo de tomar chimarrão antes do almoço, minha mãe disse.

A estrada era precária, como quase todas em Nossa Senhora do Silêncio. O tempo seco formara uma camada grossa de pó que se levantava e dava asas a nosso carro, conforme andávamos com certa pressa. As árvores eram sempre as mesmas: araucárias, eucaliptos, pinheiros, bugreiros e algumas laranjeiras aqui e ali. O mato abria caminho, um corredor verde ocre e algum verde vivo entre os troncos ressecados.

O clima era pesado, quase intragável. O clima das manhãs dormentes daquele lugar esquecido no tempo.

"Mãe, eu vou poder ir na cachoeira?", eu quis saber, quase encabulada por perguntar.

A verdade é que minha mãe, como a maioria das mães da cidade, era como o mar: calada quase sempre, mas repleta de explosões repentinas, das quais quase nunca se pode fugir. Então, pedir algo era no mínimo desafiador.

Ela demorou um pouco para responder. Os olhos fixos na estrada, os braços firmes controlando o volante; as costas tensas.

"Sim." furtou-se a dizer.

Era evidente o desconforto dentro do carro e, por isso, permanecemos em silêncio. Não tínhamos uma relação muito próxima. Ela, a matriarca, fechada, sisuda, carinhosa muito raramente, ocupada em prover. Eu, descobrindo o mundo, sem nada saber; na bagagem, os valores e os costumes apenas, e a sede do novo, a sede do riso.

Chegamos, depois de uma hora na estrada. Estacionamos embaixo de uma árvore, logo na entrada para a casa. Ela tinha um muro baixo, um portão de ferro já gasto, era branca – encardida pelo pó –, de alvenaria, com duas janelas frontais que iam até o chão. Um telhado velho de telhas de barro, coberto pelo limbo. Dentro do pátio, três cachorros acorrentados em suas casinhas. Ao redor, o mais puro nada, cortado pelos cavalos do vizinha mais próximo.

"Achei que mecês não vinham.", disse a tia Nicete, saindo de uma das janelas da frente. Ela era, na verdade, tia da minha mãe, mas eu assim a chamava por respeito e hábito. "Tava esperando mecês pro café."

"Bença, tia.", disse minha mãe, abraçando-a.

"Deus te abençoa, minha fia." Ela então olhou para mim, verdadeiramente admirada: "Como mecê cresceu!"

"Dá um abraço na tia, Maria.", insistiu minha mãe.

***

Estávamos sentadas na varanda, tomando chimarrão, quando tio Antônio chegou da bodega.

"Ondé que andava, Tonho?", perguntou tia Nicete.

"Firmando o pulso, mulher. Firmando o pulso."

Ele não era muito de abraços, então restringiu-se a abençoar-nos, eu e minha mãe, e foi para dentro de casa.

"Dia desses apareceu uma onça ali pra cima.", começou minha tia.

"Onça?", eu me interessei.

"É! Pensa num susto! Atiramo com a espingarda, mas ela fugiu."

"Capaz!", disse minha mãe, envolvida na história.

"Diz que é bom carne de onça. Eu nunca comi."

"Deus me livre, tia! Um bicho desses aqui por perto. A senhora tome cuidado!"

"Podexá, fia. Sempre tomo... Mas e mecês? Como anda as coisa em Silêncio?"

Parte II

Sete são as horas marcadas no relógio quando começo o expediente. Sete são as horas em que termino. No fim de semana, das cinco da tarde às oito da manhã.

A luz da rua é fraca e a noite está nublada, o que já acostuma a minha vista ao ambiente fechado em que trabalho. *Prazeres*, o cabaré da cidade, fica afastado do centro, na antiga casa onde morava Dona Mercedes, uma cigana, nos princípios de Nossa Senhora do Silêncio.

Ao redor não há praticamente nada. O mato tomou conta de algumas casas, outras ruíram com o tempo. Os telhados encontraram descanso no chão, as paredes cederam à pressão do tempo. Há quem chame essa região de Vila Velha, porque já não é mais habitada. Os carros, porém, chegam aos montes nos fins de tarde. As luzes incandescentes dão certo brilho ao cabaré, mas são ofuscadas quando eles estacionam. Lá dentro é que as estrelas brilham por horas a fio.

Quando se entra, o corredor está tomado pelo breu. Há uma lâmpada colorida avermelhada, alguns arranjos de flores artificiais cobertas de fuligem de cigarro, um bar à esquerda e um caminho para os quartos de frente para ele. São poucos, mas suficientes. Ao fundo, os gemidos abafados concorrem com a música baixa.

"Boa noite, moço.", eu digo para o primeiro cliente, já me aproximando. Se Deus quiser, este não estará fedendo – é tudo em que penso.

"Vamo, minha puta.", ele me responde, me puxando para um dos quartos do cabaré.

Eu começo o meu serviço: primeiro eu provoco, depois eu dou, e por fim pego o dinheiro e saio, sempre esperando que ele volte.

Abaixo as calças do infeliz e, é claro, o cheiro de peixe... É preciso ter fôlego.

Parte III

"Troca essa roupa, Maria.", diz a minha mãe para mim. "Imagina, tia, ir na cachoeira com um frio desses?"

"Deixa a menina, fia. O Tonho leva ela, né, Tonho?", grita minha tia Nice para que meu tio escute da sala, dentro de casa.

"Hum? Ah, sim, sim... eu levo.", responde, com má vontade. Estava vendo o seu futebol e, é claro, não queria ser interrompido pelas vontades de uma sobrinha. Eu podia ler na sua mente: *quem essa pentelha pensa que é?* Mas a vontade de tia Nice era a única que contava naquela casa.

"Pelo amor de Deus, menina: toma cuidado com essa tal onça.", advertiu minha mãe.

"O Tonho cuida dela, fia.", tranquilizou minha tia.

E fomos, mata adentro, subindo o pequeno morro que havia atrás da casa dos meus tios.

Não demorou muito para chegarmos à foz do rio, sob a cachoeira. Linda, imperial, força bruta da terra, e gélida como uma lâmina.

"Brinca aqui na beirada, menina.", instruiu tio Tonho. Eu o obedeci.

Quando pisei naquela água, soltei um grito contido. Molhei meus pulsos e minha nuca, e comecei a entrar nos domínios da Fertilidade.

Perguntei ao meu tio se ele não entraria na água junto comigo, mas ele me disse que ficaria só olhando, vigiando para o caso de alguma onça aparecer. Estava com sua espingarda pendurada às costas, e seu fumo para fazer um paieiro.

Brinquei por um bom tempo na água, até que ela não estivesse mais gelada, e os meus dedos estivessem enrugados. Comecei a sair e notei que meu tio me observava de um modo diferente. Seus olhos fixos nos meus seios, que começavam a crescer, agora que eu havia me tornado mulher, meses atrás. Olhei para baixo e entendi o porquê: minha blusa, quase transparente, estava colada ao meu peito, mostrando as pequenas linhas redondas que iam e vinham, e as aréolas rosadas. Ele me olhou como uma onça olha para a sua presa, e eu temi o que viria em seguida.

Parte IV

"O teu cliente fiel acabou de chegar.", a Rosana me disse, com um sorriso maledicente, indo rumo ao bar.

Eu olhei através do corredor esfumaçado e lá estava ele, Miguel. O rosto sisudo, os braços controlados, o cabelo despenteado, e o mesmo olhar cortante de todas as noites. O frio na barriga que eu sentia desde a primeira vez me assolava novamente.

"Boa noite, moço.", eu disse sorrindo.

"Boa noite, minha pretinha.", e também sorriu, como estivesse diante do mais puro ouro.

Parte V

"Cala a boca, sua puta de merda.", dizia meu tio, me segurando com os braços fechados sobre o meu corpo, erguendo-me do chão, impedindo que eu fugisse.

O cheiro do álcool inundava a mata. O cheiro do mal, de todos os objetos quebrados, de todas as formigas mortas, de todo o lodo da Terra. E o fedor me consumia, e me nauseava enquanto tio Tonho me forçava a deitar à beira da cachoeira.

"Se você não quisesse, não tava com essa roupa de puta. Fala pra mim, fala pro tio que você quer me dar, vai."

À época eu não entendia o que ele queria dizer, não entendia o que eu havia feito de errado. Eu só conseguia me debater e implorar para que ele parasse.

Ele abaixou minhas calças, rasgando-as com a sua força. Os olhos vermelhos em fúria, a boca salivando. Em seguida, ele abaixou um pouco das próprias calças, o suficiente para colocá-lo para fora.

Eu tentei gritar por ajuda, mas ele tapou a minha boca com uma das mãos. Então, súbita e invasiva, veio a primeira estocada. Uma dor lancinante me consumiu, mas continuei me debatendo. A segunda. Tentei morder a sua mão, mas não consegui: eram grandes demais e tapavam até mesmo meu nariz. A terceira. Tentei me soltar, porém, ele aplicava cada vez mais força sobre mim, agora com o peso do seu corpo. A quarta. A cachoeira começou a se agitar, e a água subia mais e mais à borda do rio. A quinta. Eu chorei. A sexta. Eu quis morrer, quis que tudo aquilo acabasse, que a minha vida tivesse fim, que todas as dores e meus sentidos dormissem para sempre. A sétima. Ele saiu de cima de mim, de repente, arfando. Eu corri de volta para a água, buscando algo que me limpasse daquela imundície, que apagasse toda a minha memória. Em vão.

"Escuta aqui, sua putinha. Se você pensar em contar pra alguém do que a gente fez aqui...", ele apontou para a sua espingarda. "Eu mato você e a tua mãe, entendeu?"

Parte VI

Depois que fizemos amor, Miguel foi para o bar e me pediu para encontrá-lo lá. Eu fiquei me arrumando, embora soubesse que por toda a noite eu seria sua. Quando ele vinha, não me deixava disponível a nenhum outro cliente.

Os instantes depois de nós me lembravam sempre a infância, a casa retorcida pelo tempo, a mudez das pessoas, os segredos sufocados nos nossos porões. Mas eu tentava evitar tais pensamentos. A morte em vida é o pior dos castigos, eu logo pensava.

Quando cheguei ao bar, notei uma confusão vinda de lá. Dois homens saíam aos socos para fora do cabaré. Um deles estava em minha cama minutos atrás.

Corri para tentar apartar, junto com outras meninas e a dona do cabaré, que somente berrava: "Tudo o que vocês quebrarem vocês vão pagar!"

Os dois rolaram pela porta da frente e só pararam quando alcançaram as lixeiras, ao lado de um grande cepo de madeira com um machado cravado. Era onde cortávamos o combustível do nosso fogão a lenha.

Eu tentava separá-los, mas o outro homem, cujo rosto se dissolvia na rapidez dos movimentos, acertava Miguel sem parar. Tinha cabelos já grisalhos, porém; eu notei rapidamente. Uma força descomunal para alguém com a idade que aparentava ter. E Miguel, irredutível, tentava revidar, ainda que quase desmaiado.

Num impulso cruel, arranquei o machado do cepo que o prendia encravei-o nas costas do homem que tentava matar Miguel. Ele urrou, cambaleou e correu para o seu carro, me xingando.

Corri para acudir Miguel, que se justificava, com os olhos e a boca inchados e ensanguentados: "Ele te chamou de puta...", ofegante. "Ele falou 'uma onça atacou aquela putinha quando ela era criança... e ela gostou.' E aí ele veio pra cima. Eu não... eu não podia deixar..."

POESIA

a

cordo e, vendo voarem longe,
ventos e vozes de veladas mortes,

continuo o meu pranto lendário.

minha mucosa muito sabe, mas
esconde no véu da carne moscas varejeiras,

cobertas de mentirosas mostras
do mais maledicente mártir,

os olhos não se apagam, mas a

palavra,
esta titubeia

e também traduz o tato
de tantas noites em total

troça dos intocáveis talheres.

te abandono, mas antes bebo
da fonte de balaústres retidos
em sinfonia perpétua, e brinco

entre becos e bandoleiros audazes.
atravessa
mos o mar de amores medidos
em merecidos abraços e cá chegamos:

menos mallarmaicos e mais
provincianos.
ainda assim,

tentamos.

Os trabalhadores do mundo estão sentados no sofá

Os trabalhadores do mundo estão sentados no sofá.
Do lado de cá, manco e com as mãos
suspensas,
escuto suas respirações pesadas.
Tanto sentimento interrompido,
tanta preocupação retida nos lábios,
tanto medo do que ainda não veio.

O brilho das telas ofusca as paredes abertas
das salas miúdas,
dos ventres das casas,
dos seios soltos dos sutiãs.

Entretenimento dos melhores:
o pássaro mecânico traça seu rumo em círculos
sobre a casa dos enfermos.

O ar que lhes falta é morada
fértil fora dos pulmões.
Os engasgos se alinham no tempo da valsa.
Nenhum respirador desafina,

nenhum gemido se sobrepõe ao outro.

Lá vem mais um. Paciente 092 da ala azul. *Zum,*
zum, zum.

Onde estarão os cilindros, onde estarão os tubos
de plástico, o aço cirúrgico e as luvas de látex?
Onde andará o médico, a enfermeira, o técnico
e os auxiliares?
Onde andarão as fraldas?
Vamos pronar.

Na manhã de domingo, 092 morrerá,
durante a missa ensaiada,
e ganhará seu nome de pedra.

Os trabalhadores do mundo estão sentados no sofá.
Alguns abrem as latas,
que é para acompanhar os petiscos
servidos três anos atrás.
Graças a Deus estão separados da tela
e seguros para bebericar antes que comece
a imperdível novela das nove.

Homens de nossa era

Estes nossos gestos tão raros
Singelos monumentos erguidos
Aos deuses, ruínas,
Hoje são
De nossa carne rompida
Desejos e oferendas
De dias que nunca virão.

Estas memórias letárgicas
Anestesia cega dos dias
De nada adiantam
Ou mudam tampouco
O curso do tempo
Dos homens de nossa era
Que se rendem à inércia.

Eu te ofereci meu pranto,
Gotas do rubi mais puro
Para que me pusesse em teu altar,
Mas só soubeste roubar os meus anos de guerra.

Criado mundo

Por que choras tanto,
pequeno criado mundo?
Por que testemunhas minhas noites insones
e desafinas o teu compasso nas madrugadas adentro?

Eu não te sinto, presença macabra,
eu te invoco nas noites de chuva
e, chovendo, dissolvo-me
pelo meio de teus dedos sem ânsia.

Por que é então que insistes,
se a esperança, matéria parca,
não renasce da tua comodidade
e tampouco dos teus esforços?

Talvez o que te mova não seja o descanso,
mas a fúria dos teus gritos
contidos nas tuas mordaças, que um dia virão à tona.
Caminhas comigo, e não te deixarei no teu último
sopro.

Delírio

Caminhas sem rumo entre o delírio da
[civilização moderna.
Que fizestes, então, para marcar os olhos
[de alguém?
E quão necessários foram os teus pensamentos
[aos homens de hoje?

Dizer-vos-ei que encanto nenhum há na morte
ou nas vistas baixadas no fronte.
É da vida que me apiedo, rugindo nas
[máquinas-coração.

Do verde e frágil fruto que é humano
Podre na primeira mordida
mas doce e suave aos paladares infantes.

Tuas ações sem consequência galopam em
[tua direção
no raiar das oito, velado seja, sem freios mecânicos.
Oh que belo espetáculo!

E é a fria morte que temes?
Temei, então, o tremor dos dedos
que anunciam as desgraças da boca.

Ofício

Tenho em mim as sete faces do poeta
Falo sem saber ao certo
Galopo com os pés descalços
Olho com dor a minha nação
Toco imprudente assuntos canhestros
Escuto o agouro da minha própria ausência
Cheiro a cigarro e bebida barata
Sinto nos ossos o peso do mundo.

Que posso eu fazer
se na cama encontro alívio
para a febre fervendo entre o
ranger dos dentes que
escapa aos homens maciços?

Meus poemas são pobres
não têm vintém algum
e mesmo assim contorcem-se
na busca pelo oxigênio.

Resta-me o suor da carne

transpirando meu sopro
de vida medida, entre poros
já abertos desde antes de nossa espécie.

O Aqueronte

Que é que te falo?
De verdade, que é que te falo?
Há algo que preste?
Há algo que reste?
Há algo palpável no meio dos homens?

De mim não arrancas nada,
Senão a clara manifestação do ser
Que paga com pouco a passagem
Querendo ainda
morrer.

Metro(nomo)

Para Hilda Hilst, com prazer

Amarra-me com teus
                                        nadas
E me encanta com cantigas
                                        tão-novas.
Vagas, infante, clariceando
                                        em meio a tantas baratas
E pessoando
                                        despersona-se.

Drummondiz-me a rima
semântica,
cabra(l) da peste.

O que eu quero não tem forma,
não tem nada que contenha
ou opaque as minhas córneas.

                                        eu quero o cigarro em
                                        brasa
                                        o medo da morte

o ponteiro do relógio

a palavra desmedida
a lembrança toda
despida
de um tempo ainda
por vir.

Profissão de fé

Da gramática veio o verbo.
Os blocos semânticos esticaram-se
da boca do criador, e de vocábulos antigos
fez-se Adão.

E Adão gritou, porque não podia falar,
e a engenharia de seu corpo cedeu
aos projetos impossíveis do Éden.

Da saliva de sua boca vertia concreto.
Os andaimes e corrediças tornaram-se ossos
quilômetros intermináveis de colunas
e vigas de aço maciço.

Travou contato com poesia,
artimanha do diabo, de pouca utilidade,
mas ainda não ganhou fala.

Primeiro juntou sílabas
depois o porão das sintaxes
e tropeçou na prosódia (e)mudada.

Ao verbo que lhe havia criado,
não lhe era permitido criar.

E a poesia falava do eu
e das coisas que não conhecia
ou queria acreditar.

Urrava aos quatro cantos,
porque não bastava a poesia.
A tinta cabralina, embora espessa, não basta.
O asfalto de Drummond, hoje rompido,
não floresce.

A carne que nasceu do verbo
não encontrava a palavra
exata de expressão.

Então ele gritava.

Do amor

Dizer que o amor não existe
é motivo raso, é quase um chiste;

dizer que o amor é sentido
é querer o cheiro doce do verbo;

dizer que o amor é negado
é razão possível pra que eu escreva um poema;

mas dizer que se pode tocá-lo
é destruir a quem se ama
por não se poder, repleto de ânsia,
alcançar os teus olhos no escuro.

Se Deus e o Diabo à borda do planetário

Se Deus e o Diabo sentassem à borda
do planetário, repletos de suas densidades
que ultrapassam buracos negros,
teriam o seguinte diálogo:

Fizeste tudo o que não faria,
Calaste-te em meio ao caos,
Assististe à agonia dos filhos matarem por ti
em sinfonia aguda da natureza humana,

Deliciaste-te com as preces da carne fraca
e saciaste a tua fome do mundo
As tuas mãos pensas afagaram a volúpia infinita
e os teus olhos se afastaram do barro de que arrancaste
a costela pestilenta do teu primogênito.

Eu, por meu turno, soube dar o beijo que a eles
tu negaste,
Dei-lhes o vício, e o ópio dos dias,
Ofertei a bebida, para que cobrissem as chagas

abertas,
Estendi meu manto, complacente,
Ensinei-os o amor perdido.

E Deus somente diria:
Queimai-os, pois eles não sabem o que fazem,
e a pornografia dos céus já não é mais alento,
E nós riríamos da piada apenas por educação.

Hábito

Hoje nos recolhemos
O poço dos horrores já não expele seus tiranos
[monstros
O cheiro podre das ruas não é mais motivo
[de riso
E as crianças não brincarão com o gato morto
[pela pedrada que demos no bicho.

A gripe espanhola virou resfriado
E os corpos em contêineres armazenados
Nos servirão de almoço no próximo natal.

Conhecemos as belas faces da esposa
Os tantos defeitos do homem
E a mácula pueril dos porcos.

E, ainda assim, constituímos famílias,
Financiamos carros e hipotecamos lares,
Para que pudéssemos, em gozo tão esperado,
jogar tudo ao quintal do vizinho,
e ver tudo morrer de novo.

Ainda há vida nos campos

Chegamos a um fim, mas
Nos centros das cidades
os corações ainda rugem
em tormento.

Porém,
Não nos esqueçamos que
ainda há vida nos campos.

Retornemos, irmãos, ao seio de nossa
mãe, porque
ainda há vida nos campos.

Juntemos qualquer sorte de
ferramentas, palavras, nos
munamos dalguma ideologia, porque
ainda há vida nos campos.

Uma vez mais
os meus versos retorcem-se
de fúria, por pura incapacidade de

qualquer fôlego prolongado, qualquer
palavra amiga, mas
ainda há vida nos campos.

Nossa força adormeceue nossos
olhos – vendados – corrompem os
reflexos do dia, mas
ainda há vida nos campos.

O céu tingido em laranjas e roxos, como
hematomas das feridas de
ontem, nos distraem da
vida que ainda hános campos.

E o chumbo de nossas ações,
cobertos d'ojeriza, não se
quebra ante a corrente, mas
ainda há vida nos campos.

Raivosos, nos contemos,
mas é da força dos úteros
e dos estômagos que se faz,
solapada que seja pelas mãos enluvadas,
a tinta usada para escrever um futuro.

Raiva, irmãos,
tenhamos raiva e rujamos,
como os corações, sem nunca
nos esquecermos de que
ainda há vida nos campos.

Stalemate of dust and desire

Some days in late August
at home are like this,
the air thin and eager like this,
with something in it sad and nostalgic
and familiar.

Man the sum of his
climatic experiences
Father said.
Man the sum of what you have.

A problem in impure properties
carried tediously to an unvarying nil:

stalemate of dust and desire.[1]

[1] Trecho inteiramente retirado do romance "O som e a fúria" [*The Sound and The Fury*], de William Faulkner, e levemente adaptado

Dos pequenos fins

Morte ressecada em folhas de fim de tarde,
Laranjas, vermelhos e roxos espancando os céus
De outono,
O frio às sombras das árvores, cortados
Pelos sóis na estrada descampada.

Os olhos vendados e tubos de oxigênio
Lutando contra a dormência dos pulmões.
Os sonhos lúcidos, os veios do rio encharcados
[de barro.
As supernovas.

O ruído branco da agulha que não encontra
A cova no disco.
Os buracos das traças, os caminhos dos cupins.
O ódio.
O medo.
O pavor de não encontrar a tua silhueta.
A nudez dos cadáveres.
A espera dos cães
De que seus donos retornem com vida.

pólen bold 90 gr/m2
tipologia calisto mt
impresso no outono de 2025